꿈꾸는 꼬마작가

(꼬마들의 반짝반짝 빛나는 이야기)

꿈꾸는 꼬마작가(꼬마들의 반짝반짝 빛나는 이야기)

발   행 | 2021년 2월 1일
저   자 | 풍림작은도서관 별빛지기 10명(김서율, 김수빈, 신예진, 신현수, 이규민, 이아현, 임수민, 정소희, 정수연, 최연서)
펴낸이 | 한건희
펴낸곳 | 주식회사 부크크
출판사등록 | 2014.07.15.(제2014-16호)
수   소 | 서울특별시 금천구 가산디지딜1도 119 SK드윈타워 A동 305호
전   화 | 1670-8316
이메일 | dreamisme@naver.com

ISBN | 979-11-372-3338-6

꿈꾸는 꼬마작가

풍림작은도서관 별빛지기 지음

CONTENT

"애들아, 왜 시를 공부하지 않느냐?

시를 배우면 감흥을 불러일으킬 수 있고,

사물을 잘 볼 수 있으며,

사람들과 잘 어울릴 수 있고,

사리에 어긋나지 않게 원망할 수 있다.

가까이는 어버이를 섬기고

멀리는 임금을 섬기며,

새화 짐승과 풀과 나무의 이름에 대해서도

많이 알게 된다."

공자는 『논어』에서 시에 대해 위와 같이 접근을 합니다. 여기서 이런 말이 가슴 깊이다가 왔습니다.

"잘 볼 수 있다"는 것! 무엇을 보는 것일까요?

　이 책의 각 장 주제인 나를 보고, 너를 보고, 우리를 보는 힘을 기르는 것, 바로 시 쓰기입니다. 시를 한 편씩 쓸 때마다 서로가 깜짝 놀랍니다.

"와! 이런 시를 내가 지었다니. 내 안에 이런 생각들이 있었구나. 대단한걸."

혹시 이런 생각 들지 않았나요? 우리 학생들의 시 하나하나에 깊은 우주가 담겨있습니다. 예측하기 어려운, 아니 그 시야를 넘어선 생각들이 글로 표현되기 때문입니다.

190여편의 작은 우주를 만나봅니다.

－ 밀알샘 김진수 선생님

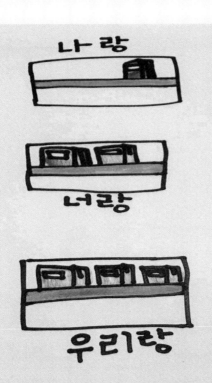

나랑

제**1**화 나 랑

시를 지을 때 가장 좋은 점은 나와의 만남입니다. 자신을 만나다는 것은 행복한 여정입니다. 나의 생각을 하나의 단어와 문장으로 표현하고, 그것이 한편의 시로 만들어졌을 때 비로소 애벌레가 나비가 되어 날아가는 느낌을 받습니다. 꽃들에게 희망을 주는 나만의 글! 나만의 특별한 시를 만나봅니다!

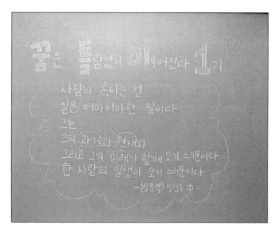

<꿈틀이쌤의 아침 편지> 중에서

난 특별하니까

이아현

이 세상에 이 '지구'에
나라는 목각인형은
하나 밖에 없으니까

특별한거야.

내가 자랑스럽고
특별하니까
나, 내가 탄생된거야

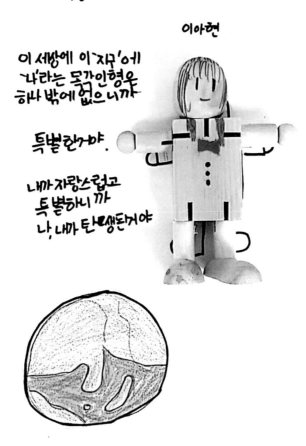

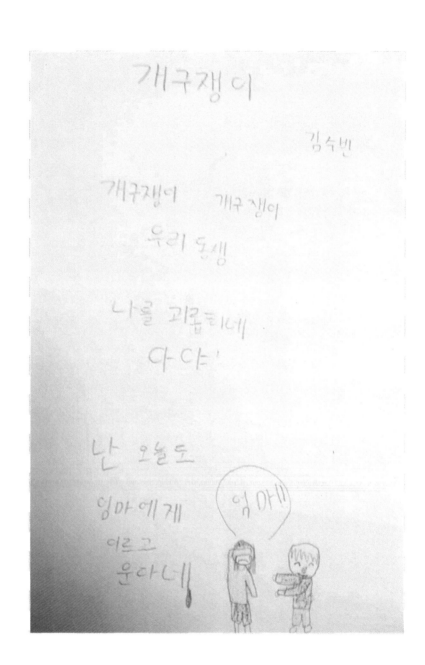

〈그림 가방〉

글·그림: 김서율

난 오늘 그림을 그린다
인내와 긍정이 필요한
그림을 그린다 난 긍정
을 안고 간다.

게미

신예진

꽃꽁 꽃게

맛있는 꽃게

있으면 꽃처럼 생긴,

꽃게 랄 랄 레라

먹다보면:

다 먹었네?

종이

글: 이규민
그림: 이아현

나는 종이

나를 가지고 무엇이든 할수 있지
글을 쓸때도 내가 필요하고
종이 접기 할때도 내가 필요하지
나는 종이 만능종이
나만 있으면 무엇이든 할수 있지
나는 만능종이

내 생일

이아현

짹깍. 짹깍, 짹깍 띵!
12 두시가 되었다.
오늘은 내생일. 오늘은 내까주영?
12월 1일 내생일 온거다.
내가 태어난날. 12월 1일.
엄마표 미역국. 진짜 좋다 ㅜ.
꼬깔 모자쓰고 케익먹는 날.
12월 1일.

12월1일

발가락

글: 김수빈
그림: 이다현

꼼지락 꼼지락
내 발가락

엉뚱한 내발가락

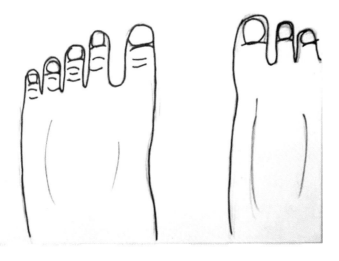

「난 공부를 해야 한다.

난 항상 웃어야 한다.

내가 행복해야, 모두가 행복하다.

**나의 감정은 표현하지 않아도, 눈으로
보인다.**

시작이 반이다.

남에게 편한 사람이 되야한다.」

 가을

글 : 신예진 그림 : 수국

초록초록하던 잎사귀가
가을의 색깔로 변했다.
그 가을 색깔을 보면
독서가 떠오른다.

마음의 양식을 채우기 위해서
난, 우린
오늘도 책으로 양식을 채운다.

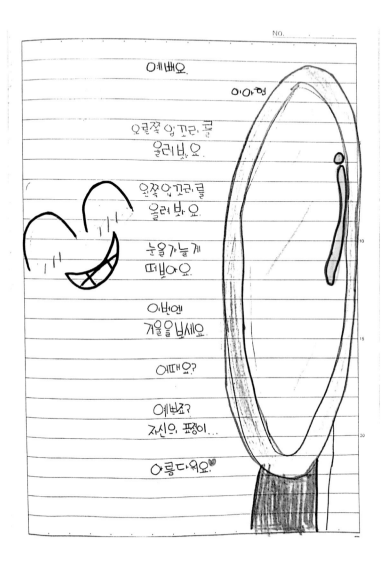

예뻐요.

이야헹

오른쪽 입꼬리를
올려봐요.

왼쪽 입꼬리를
올려봐요.

눈을 가늘게
떠봐요.

이번엔
거울을 보세요.

어때요?

예쁘죠?
자신의 표정이...

아름다워요♥

K.O

이규민

나는 복싱선수다.
나는 오늘도 링위에서
K.O 당한다.

나

김수빈

나...

나는 내 인생을
살아야 된다

 원펀맨

신현수

나는 뭐든지 한방.
밥먹을 때도 한방.
씻을 때도 한방.

나는 뭐든 지 한방인
정의의 반짝반짝 머리.

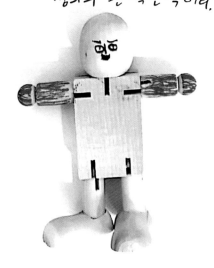

 신비한

 예술을 타고난

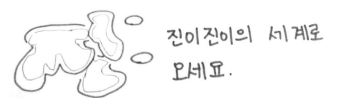 진이진이의 세계로
오세요.

예쁘지?

커다란 눈

오똑한 코

작은 입

분홍 볼

이쁘지?

〈맛있게먹으면 😊칼로리〉

글. 그림. 김서율

사탕먹고, 초콜릿먹고,
꿀밤 뻥튀기 먹고 정말
많이먹었다. 하지만
맛있게 먹으면 0칼로리
다. 앞으로 맛있게 먹고
건강해져야 겠다.

나 맛있게
먹으면 0칼로리~

좋아해요!!

이아현

좋아해요
원숭이 같았던
그대가

좋아해요
곁에있어 준
그대가

좋아해요
귀여웠던
그대가

좋아해요
6년동안 친구로
지내 주었던
그대가

고마워요.

분홍분홍
복숭아

부릉부릉

벚꽃

분홍분홍
머리띠

부릉부릉
치마

두근두근
내 가슴

미라클 👑 ✧

내가 작가가 되는건 miracle!

내가 시험 100점 맞는건 miracle!

나의 삶은

수국

나의 밝은 모습 뒤에
숨기고 싶은 슬픔들.

사람들은 그런 감정을
나의 그런 슬픔을
관심조차 주지 않아

원망스럽다 못해
두렵기까지 한걸.

<휴지>

난 휴지야. 나는 사람들의
화장실 필수품이야. 하지만
내가 없으면 사람들은
절규해. 하지만 내가 있
으면 사람들은 기뻐해.
나는 옷을 벗으면 갈색살
어드런카

사이다

거품이 보글보글한 ^{글그림:?}(성수연) 사이다

치이익소리나는 사이다

끌껄끌껄 먹는소리 나는 사이다

~치이익

맛이다

핸드폰

핸드폰은 몰래몰래 조용히 켜도

또렷하게 "딸깍" 소리 내고요

그냥 세게 켜도

또렷하게 "딸깍" 소리 내지요.

뻔한 내일상

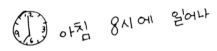 아침 8시에 일어나

온라인으로 오전을 채우고

과제, 또다른 할일

그 다음으로는
낙서를 끼적끄적.

동생을 데리고 오면

넣놓고 눌러도 익숙하게 손에 익은 비밀번호

씻고 놀고
저녁 먹고
자는

뻔한 내 일상.

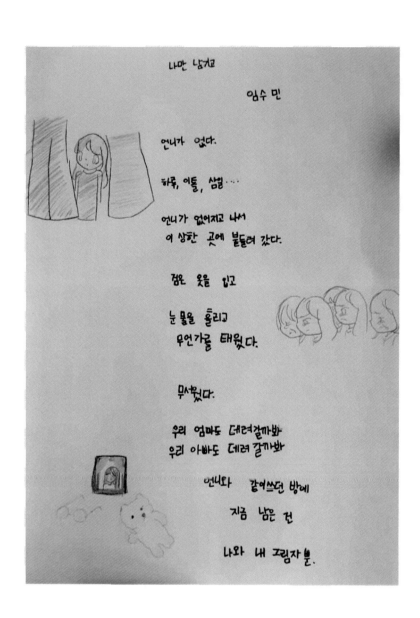

나만 남겨고

임수민

언니가 없다.

하루, 이틀, 삼일⋯

언니가 없어지고 나서
이상한 곳에 불려 갔다.

검은 옷을 입고

눈물을 흘리고
무언가를 태웠다.

무서웠다.

우리 엄마도 데려갈까봐
우리 아빠도 데려 갈까봐

언니와 같이쓰던 방에

지금 남은 건

나와 내 그림자 뿐.

분홍 분홍

분홍 분홍
복숭아

부농부농

벚꽃

분홍분홍

머리띠

부농부농
치마

두근두근
내 가슴

잘난 척상

지렁이가

동빛으로 반짝거리는

종이에 잘난척상이라고

써서 나한테 내밀었다.

"축하해!"

꾸깃꾸깃 접어 지렁이한테

돌려주면서

"축하해!"

막상

이아현

막상 생각하면
생각 안 나고..

막상 시 쓰려면
생각 안 나고..

막상 말할려면
생각 안 나고..

내 기억은 청개구리

마우스

김수빈

틱!틱! 컴퓨터나
노트북에 연결하고

이리 저리
틱!틱!
저리이리
틱!틱!

물 속에서 반짝거리는

다이아몬드.

아이스티에서 짤랑거리는

다이아몬드.

나의 여름날에 가장 사랑받은

다이아몬드

물에 젖어 빛나고

햇빛이 비추어 빛난다.

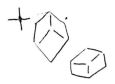

(4)라는

임 — 임수민이다

수 — 수국은 좋아하지만

민 — 민물고기는 싫어한다!

나는 지금 아무 생각 업슴
수국

정신 놓고

그냥 아무렇지 않게
멍때릴때나
아무 생각 안날때
내가 쓸수 있는 한 줄

그런데도
펜 뚜껑은 꼭닫는다.

나무

이아현

나 이아현은 '나무'로써 말한다.

너가 지금 쓰고있는 연필, 종이.
그게다 나, 나무로 만든거야
또 휴지, 책상, 보이는게 다 나무야

그리고 넌 '나무'가 많다고 생각하나?

나도 부엉이와 새들이랑 놀고싶어
근데도 날카로운 것으로 날 넘어뜨리지.
또 너는 무슨 종이가 무한으로 있다고
생각하나? 연필로 한번 잘못했다고
다른 종이로 하고, 만약에 집에
종이가 없어서 시계... 그러면
돈에 전선이... 사람은 나를더
죽게 만들어

피자 한조각

이아현

피자 한조각
남을 때면

서로들 눈치를 본다.

힐끔 힐끔

누가 하나라도 더
먹을 까봐

조마조마

마치, 급식먹기
1초전 처럼

딸기

쑥

딸기 그림을
자주 그리니까

딸기 먹고 싶다.

새콤달콤 맛있겠당...

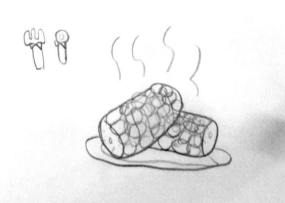

감사

아빠 감사해요
밀심히밀해 주셔서.
엄마 감사해요
기를 낳아주셔서.
언니 고마워.
나랑 함께 해줘서.
감사는 나의 좋은 감정
정말 감사해요♡

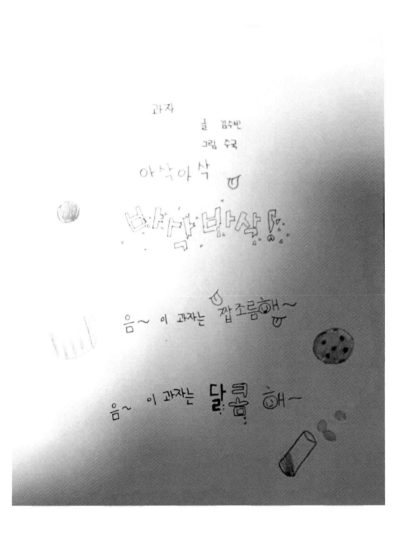

과자

글! 김수빈
그림! 이아현

아삭아삭
바삭바삭

음~이과자는 짭조름해~
음~이과자는 달콤해~

오리

신예진

꽤애ㅡ액
오늘은 내 친구 2명이 먼저 갔다.
내일은 내가 타겟이다.

이젠, 더이상 친구를 잃고
싶지 않아.

나,, 나도 살래... 꽤ㅡ애

빈 공간

수국

생각 중 이었다.
머릿속을 채울 방법.

그때,
나도 모르게 무언가
날아왔다.
종이비행기였다.
나는 종이 비행기를
날렸다.
멀리멀리...

감사♡

글 김수빈,그림 김수연

감사라는 한 마디가
사람을 웃게 한다
감사 그런 마디 도대체
사람을 어떻게
웃게 하냐!!!

게임

글 김수빈 그림 김수연 김수빈

게임을 하면
기분이 좋아진다
단점은...
눈이 나빠진다는
것이다 ㅠㅠ

아무생각없
는 나에게
슈웅 하고
오는 말
공부해라
숙제는 다
한거냐?

똥파리

내 귀 주위에서 윙윙
내 눈 앞에서 윙윙
산건방 말라 때
잡았다!!!

횡단보도 에서

길 ...부팍에
...서 남겨진 기분

나만
다른 취급을 받는 기분.

나 혼자서
나 혼로
일어날 힘

왜 나는
왜 나만
...었던건지

근처에 도와줄 사람
왜나만
없는 건지

흔적없이
사라지고 싶다.

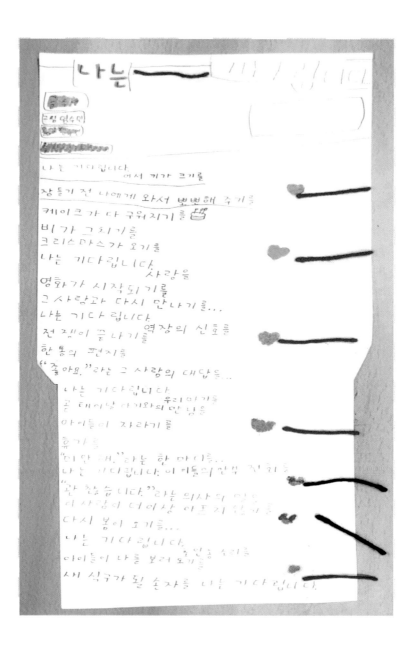

이게 나인걸?

이아현

매일 같이 연필을 잡아.
글씨체가 이상해도
그림을 못 그려도
'생각'만은 자신이 있어.

이게 나인걸?

심심해 나는

이아현

매일 같이 나는.
뒹굴어 다니는 나는.
집에만 있는 나는.

이렇게 말합니다.

"심심해 나는"

마녀 가방

최연서

내 가방에는
요상한 것들이 있다.
뭐냐면!

지팡이
마녀 모자
요술 구두
그리고

마지막 하이라이트는
내 가방에 뱀이 있다....

마녀 가방

나보고 "너 못생기지 않았어", "잘하는거 맞잖아"
라고 말할땐 생각에 젖어든다.
사실 이게 아닌데, 나를 치켜세워주고 응원해 주려고
거짓말을 하는 걸 보면 민망하면서도 먹먹해 진다.

나는 못난 꽃이다.
아주아주 못난 꽃.

생각하는 것보다 더 더더 못날 수도 있다...

나를 지킬 가시조차 없고,

별 거 아닌 것에 짜증이 나고,

작은 이별조차 쉽게 받아들일 수 없는 못난 꽃...

'나를 표현하는 한 문장'...

삶은 잘 모르겠다.

나의 관심사나 생각은

언제나 바뀔 수 있으니까..

그래서 지금은, 바뀔 수는 있지만

지금 나를 표현하는 한 문장은

「항상 바뀌는 인생을 살아가는

사람」

이다.

무 계획 가방

아무거나! 팍!

하고 싶은거! 떠오르는거!

하고 싶은게 넘치는데 어떻게
계획된걸 해?

조금 쉬다 하고!

조금 쉬다 하고!

계획 된 것도 좋지만
가끔은 빈둥대며 살고싶어!

아무 계획 없이 사는것도
괜찮지 않겠어?

아무것도 없어,
무계획 이니까!

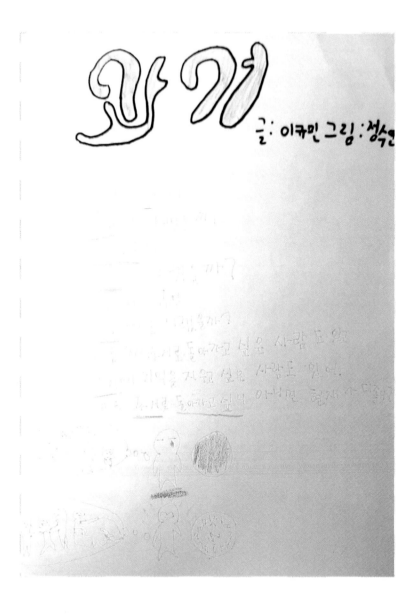

학교　글: 정수연 꼬마작가
그림: 김나경 꼬마작가

저는 학교입니다.
사람들이 많다 나는 학교입니다.
친구들이 나의 위에서 뛰고 밟고는
합니다. 저도 생명입니다.
저는 사람들의 의해 만들어졌
습니다.

저요　나경아　저도요!　지안이　저도요~
윤래
그래그래.　선생님
세명나와

나는 학교입니다.

쇠똥벌레

신현수

나는 똥을 굴릴줄 압니다.
나는 똥을 먹을수도 있습니다.
나도 감정을 느낄줄 압니다.
나도 화를 낼줄 압니다.
나는 다른사람들이 못하는걸 할줄압니다.

나는 ,
쇠똥벌레입니다.

꼬여드는 냄새

안돼요.
밟지 마세요!

애벌래

여아현

나도 "화" 낼수 있습니다.
나도 "웃을수"도 있습니다.
나도 "울수"도 있습니다.

나도 "나비"가 될수 있습니다.

저는 "애벌래" 입니다.

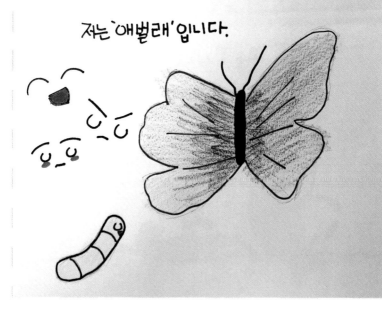

고 래

이규민

나는 곰니다.
그런나는
나뵌다작은 그것이 두렵슴니다.
그것은 축제로 나를 죽입니다.
그것은 내까 숨쉬러 나올때 마다
잡슴니다.
그것이 너친구들을 잡는 것을
내가 보았슴니다.
이제나도 친구들을 따름니다.
그것은... 사람 입니다.

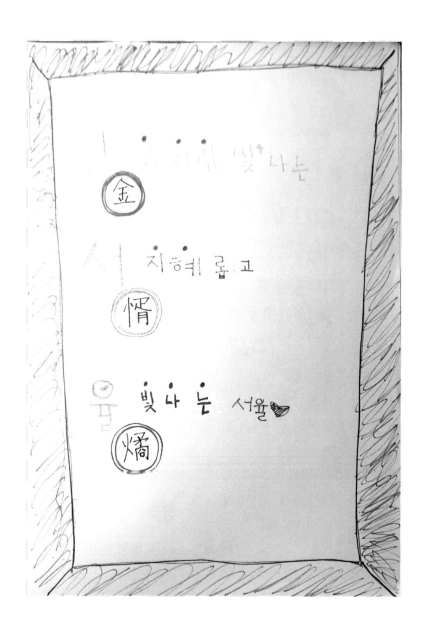

글·그림: 김세홍

나는 생각을 합니다
'나는 세상에 빛이
될까?" 라고.
나는 미래의 빛이
될수도 있다

김 — 김수빈은

수 — 수학을 잘 하면

빈 — 빈 곳이
　　　많이 없어진다

나는 여러가지 감정과 산다

왜냐하면 나는 화가 날 때도

슬플 때도 기쁠 때도 나에게

티가나기 때문이다.

숨기고 싶어도 숨길수 없는

감정처럼.

내 이름

글 = 최연서

높을 최

예쁠 연

상서로울 서

내 이름은 최연서 이다.

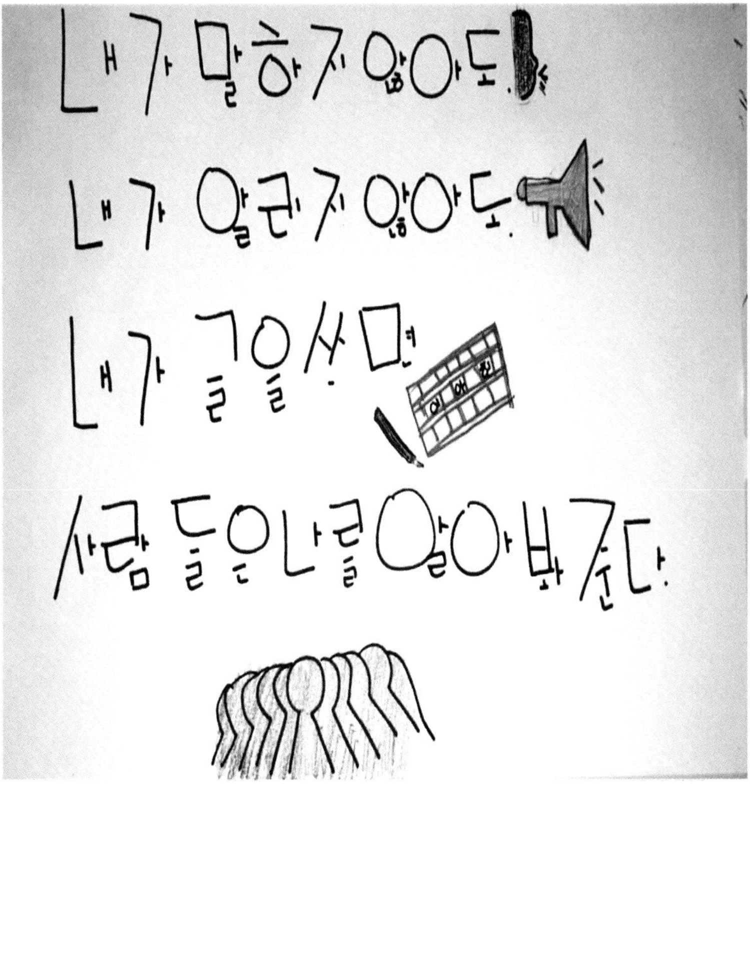
내가 말하지 않아도.
내가 알리지 않아도.
내가 글을 쓰면
사람들은 나를 알아봐 준다.

쌩하면쌩

최연새

바람 쌩 분다.
나도 쌩 날아간다.

으악!

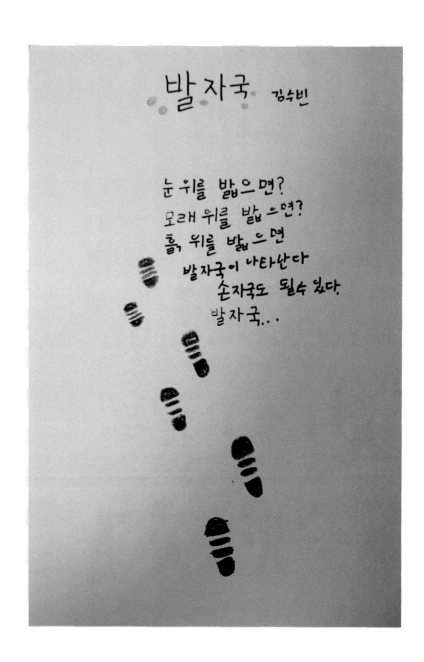

발자국 김수빈

눈 위를 밟으면?
모래 위를 밟으면?
흙 위를 밟으면
발자국이 나타난다
손자국도 될수 있다
발자국...

ㄴ나랑 "I" Love

ㄴ너랑 "You" Love

우리랑 "we" Love

함께...☆ "Together"

너랑

제 **2** 화 너 랑

친구와 함께 한 날은 참으로 즐겁고 행복합니다. 가족과 함께 한 날은 더욱 행복합니다. 세상에는 수많은 '나'가 있지요. 나를 존중하듯 또 다른 '나'인 '너'를 존중하게 됩니다. 우리는 그렇게 나와 너로 이뤄진 소중한 친구입니다.

좋은 말을 하고, 좋은 배려를 하고, 좋은 표정으로 서로를 바라봅니다. 그렇게 우리는 서로 하나가 됩니다.

"우정이란 친구들 딛고 높아지는 것이 아니라 친구가 나 자신을 딛게 하여 친구를 높이는 것이다. 그것은 둘이 함께 높아지는 일이기도 하다." 라는 말이 있듯이 참된 우정을 조금씩 쌓아 갑니다. 수많은 '나'가 있듯이 수많은 '너'가 있답니다.

나랑, 너랑♥

소라야 어디가?

이아현

할머니집 강아지 '소다'

잡은 혀에 작은 뭉침.

어느날 소라가 눈을 감는다.

깨워 보지만 일어날 생각도 하지 않는다.

내가 말했다.

"편안 하게 가면 좋겠다." 라고.

내눈 앞에선 까불이

최연서

우리동생 내눈 앞에선 까불이
엄마 오면 이쁜이
친구 오면 다정이

내 동생 이거만
다른 사람 없을때
제일 좋은 사람이 댄다

가방

글: 정소희
그림: 이아현

가방이란 생활에 필요하지.
모든 사람들은 가방으로 일을보지.
만약 가방이 없었다면 사람들은
힘들거에요.

오 마이 붕자

"어렸을 때 먼저 간 내 강아지를 봤어.."

"진짜 너 맞아? 붕자?"

"아주 이름도 써져 있어 않고 엄마가 내 집으로 맞다"

감자 튀김

신예진

주방에서 부르는 맛있는
냄새

내코를 후벼파는
정체는?

그건 바로 감자 튀김

바삭 바삭, 겉바속촉.

감자 튀김에 케챱을 한번 톡
찍어주면

입속이 행복해

귤

글.그림 : 정수연

귤 공처럼 둥그스름한 귤

귤 말랑말랑한 귤

귤 새콤달콤한 귤

나는 귤을 사랑해요

어몽어스(빨까여)

김수빈

방에 들어갔다

시작 했다.
들어가자마자
시작 했다
빨강색이 있다
크루원 디었다
임포스터에게
죽었다.

화이트 어몽어스

삐리 삐리
게임이 시작돼었
습 니 다.
임포스터를 뽑겠습니다
크루원
삐————
끝!

우리아빠는
사자

이아현

우리 아빠는
잠자는 사자

아니. 코고는
사자

드르렁 쿨쿨
드르렁 쿨쿨

그럼나또드르렁
드르렁

알사탕

최연서

용돈=2천원 남음
심장이 벌렁벌렁
손에 땀이 한가득

숨 한번 내쉬고
들어간 문방구

용돈 이천원 으로산
알사탕 4개

아까운 용돈
맛있는 알사탕

빗길

비는 총총총

손잡고

내리는데

나는 혼자 콩콩콩

걷는다

보슬비야,

네가 부러워.

반지

아주 허름하고

안 맞는 옷을 입어도

난 좋다.

어떤 어려움이 닥쳐도

난 괜찮다.

금도 아니고 은도 아니지만

손재주 좋은 엄마가

만들어준

반지가 있으니까.

그대

최고예요, 그대

멋져요, 그대

잘했어요, 그대

사랑해요, 그대

그대를
부르는 말

피아노
(글 정소희)

피아노는
고운소리와
재미있는 소리 등등
많아 즐길수있는

악기야...

학원 말고는
별로 못보기
그렇게

쉽게 배우기는

힘든 피아노의
고운음은 빗방울이

천천히 떨어지는길

같은 소리를 내 그리고

조심히 다뤄야해

혼자 있으면

혼자 있으면 무섭다.

이가 딱딱거리고
초조해서 나도모르게 손을 입에

갖다 댄다.

하루 종일 감사 합니다

최견서

하루 종일 감사 하다
우리 엄마

밥 차리고 빨래하고 설거지 하고
항상 하는 건 똑같지만
참 감사하다 우리 엄마

야식

이아현

야식, 먹을까? 말까?

먹을까? 말까?

먹자? 말자?

살찌는데...
그래서 나는 말합니다.

"맛있으면 0칼로리!!"

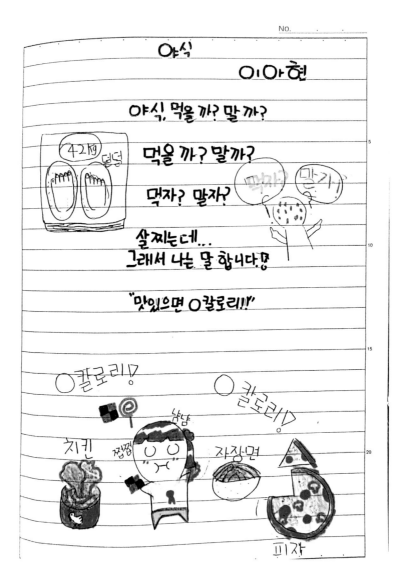

하이

하이, 뭐해

아무것도 안해,

그래 빠이)

빠이

매일
아무 이유 없이

무의미하게

채팅방에 올라오는

말들.

가 방

나는 어딜가든 함께하는
파트너가 있다.
가족? 아니. X
친구? 아니다. X
바로 가방이다
가방은 내가 어딜 나갈때
같이 가자고 애원한다.
그래서 혼자 갈수가 없다.

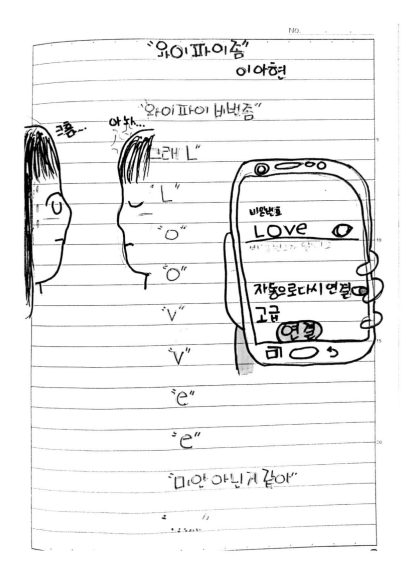

좋다.

쓰러져서

빨간 불 요란하게
빛나고 있는 몸

저 만치에서

바라만 봅니다.

부탁합니다.

스스로 일어나길

갈대처럼

비틀거리다가도
일어나길

그리고

일어나면

이렇게 말할래요.

" 살아줘서 고마워요"

〈색연필〉

글, 그림: 김서율

한 아이가 내 이빨을 뽑아 갔다.
나는 화가 났다.
어여쁜 내 핑크색 이빨을
가져가는 저 아이.
나중에 너의 이빨을
가져갈 거야!

이름없는 강아지

이아현

할머니집 마당에 어떤
집이 생겼다.

누군가 찾아 왔다.

하얀 강아지였다.
소라 보다는 덩치가 크다.

"나는 작은 강아지가 더
좋은데..."

아직은 잘몰라 가까이
가지는 못한다.

한마디로 아직 저 강아지는
이름없는 강아지다.

안녕?

동생

동생이 너무 사랑스럽다.

날 쫓아오며 무섭다고 하는게
귀엽다.

동생이 나와 같이 잔다고 하면
기특하다.

동생이 좋다.

<코로나 땜에>

글·그림: 김서율

코로나 제발 좀 가줘.
너 땜에 우리 지구가 아파해.
너는 너무 싫싫해.
내 친구 얼굴을 가리기싫어.
제발 좀 가줘.
너 땜에 바뀐 우리 세상
너랑 거리두기 싫어.
코로나야 제발 좀가줘.

AI

수국

안녕하세요. AI 근호 입니다.

얘, AI야.

넌 왜 만날 그렇게
친절해?

왜 화를 안내냐?

답답하고 화나지 않아?

매일마다 정해진 말만 하고,

너한텐

무슨 비하인드 스토리가 있는 거니?

나는 어딜가든 함께하는
파트너가 있다.
가족? 아니.
친구? 아니다.
바로 가방이다
가방은 내가 어딜 나갈때
같이 가자고 애원한다.
그래서 혼자 갈수가 없다.

봄 아기

봄에 품에 안겨서

응아응애 우는 아기.

봄과 함께 잘 자라라.

봄 아기야.

검은화면

이 아 현

핸드폰이
꺼졌을때용

검은 화면에
내얼굴이비칠때용

충전가는달려와용

핸드폰을 살려준당용

키보드

한자 한자
너를 두드려 보니
그 안에 의미가 담겨 있구나!

모두 네 덕분이야!
서로 다른 너희들이
연결해서 만든
하나의 세상!

글·김수빈

그림·최엽서

∪어디에 있을까?

알파벳 ∪도 있고!!
말굽 자석 ∪도 있고!!!
가방 끈도 ∪모양 이야!!!!

알파벳   자석   가방

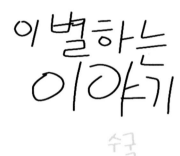

이별하는 이야기

수국

미요하게 표현되는
내 작은 심리 속에서
지금 일어나고 있는 일을
속속들이 파악할 순 없어

지금 이순간
뒤죽박죽 해져버린 머릿속으로
아무 생각도 할수 없어

미요하게 분리되고 또 분리되고
미요하게 느껴지는 찌릿함
그 찌릿찌릿함은 뭘까, 이별의 가슴아픈 이야기를 담고
있을까?

널 생각하다 보니
축축해져 버린 내 눈가
빨개져 버린 내 눈가

가을 글: 정수연
그림: 정수연

감나무가

소똥을

먹어요.

거 울

신 예 진

거울은 거짓
말 안해.
왜냐면 거울
은 착하거든
그리고 거울
을 자세히 보
면 너의 미래
가 보여
아주 뚜렸하
게 말이야ㅎ

미안해

신예진

미안해
지구야 미안해
너의 몸을 아프게해서
지구야 미안해
너무나도 못되게 굴어서
미안해

정말 미안해
다음부턴 너의 몸을
해치지 않을게

서싸운 날

친구랑 오늘 싸웠어

그냥 친구 말고
가장 친한 친구랑

마음이 멍 했어
다시는 친해 질수 없을까봐
다시 는 같이 놀수 없을까봐

당근

글 그림 김시윤

주황옷을 입은 채소
나는 당근. 나는 토끼에
먹이 토끼가 좋아하는
채소 나는 당근. 나는
아삭아삭 채소. 당근
날 먹어줬으면 좋겠어

덥수룩 고양이

글 [김소희]

✳ 추운 겨울날이에요.
찬바람 까지 불어 ✳
✳ 전국이 꽁꽁 얼어붙었눈메요...
니니 텔레비전 소리 좀 줄여줄래?
...어 미안 코니. 틱!
애고 잘못눌렀네. 니니 난로에
너무 가까이 있지마! 어제 일벌써 까먹은
거야? 치이익—— 악! 뜨거 내가
잊을리가 있어? 무늬가 어찌나 세게
발로 찼는지 아직도 엉덩이가 아파~
쭈우우욱—— 에! 에! 에! 에퉤!
니니 도데체 털은 언제 다듬을거야?
미용실 다녀온지 얼마 됐어? 글쎄 기억이
안나둥 니니 털 엉킨거 안보여?
세수는 언제 한거야! 고냥참아
밖에 나갈 것도 아는데 뭐.
하유~ 우리왔어! 으 추워
발가락 얼어 버리는 거 않았네
집에 며롤 제다 떨어졌장아
무니 랑 시장에 갑 다왔지
뭐? 시장!

흥부 놀부

신○○

흥부와 놀부 사각사각 박을
여니, 흥부 박에선 금은보개가 나오고,
놀부 박에선 온갖 똥과 도깨비가
나오네

흥부는 부자되고 놀부는 거지되니,
마음씨 착한 흥부는 마음씨 고약한
놀부를 집에 받아주니.
흥부는 복받고, 놀부는 천벌받았네.

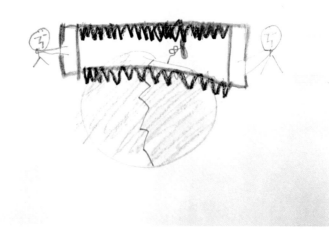

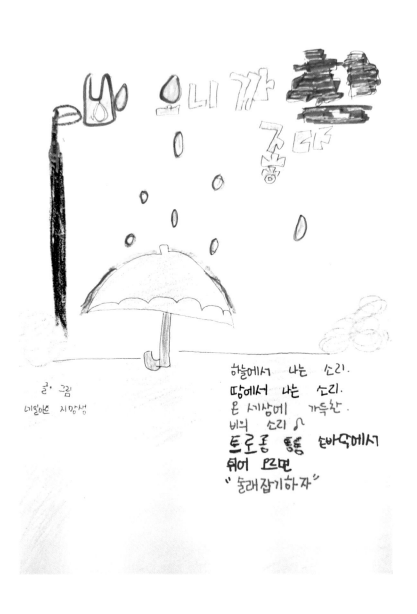

하늘에서 나는 소리.
땅에서 나는 소리.
온 세상에 가득찬.
비의 소리 ♪
토로롱 통통 손바닥에서
뭐어 오르면
" 술래잡기하자 "

글 · 그림
네이마르 지망생

거짓말

이아현

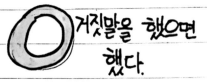 거짓말을 했으면
했다.

안했으면 **✗**
안했다.

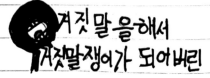 거짓말을 해서
거짓말쟁이가 되어버린

나의 친구..

나의 동생..

비

임수민

빗물이 고였다.

자꾸 비가 와서

밖에도 못 나가고

집에만 있는다.

집에만 있는데도

무엇 때문에 성이 났는지

그칠 생각 하지 않고

천둥번개 치며

후두둑 내린다.

제목

N이랑 S랑 친구한 것처럼

우리도 나와 다른 친구랑

친구하자.

다름을 뛰어 넘는게

우정 인걸, 뮤.

갈라지는 길

도시에 갈라지는 길이

있다면

내 마음속에도
갈라지는 길이 있을까?

가끔 생각 해봐.
나는 어느 길로 갈건지...

다른 아이들이랑 달라도
틀린 건 아냐.

나야, 넌 그냥
너의 길을가!

이별이 다가오는 그날,
날짜를 세고 싶지 않은데 자꾸 세게 되고
조금의 압박도 견디지 못하고 밤새 울었다.

다들 그거 별 거 아니라고 그러지만
나에게는 아주 슬픈 이별이다.
슬프다. 우울하다....

동생은   바보??

동생은 바보다
나만 놀린다

동생은 변덕쟁이
이기도 하다

그치만

 천재일때도   있다.

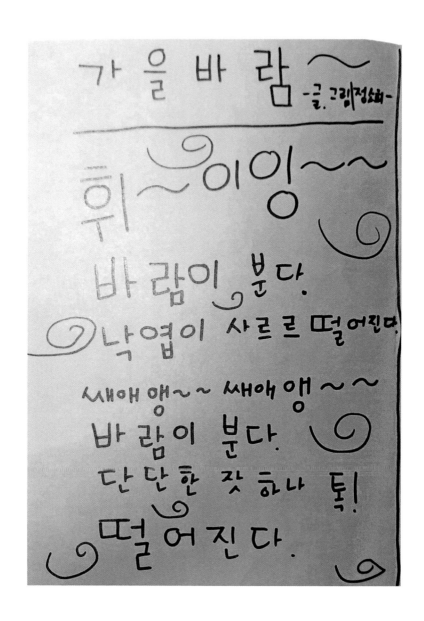

가을 바람 ~
-글. 그림 정소빈-

위 ~ 이잉 ~~

바람이 분다.
낙엽이 사르르 떨어진다.

쌔애앵 ~~ 쌔애앵 ~~
바람이 분다.
단단한 잣 하나 톡!
떨어진다.

오래된 난로 -글.그림- 정○회

뷰우우우우우웅~

퓽!퓽!퓽! 켁켁켁응

난로를 켜면 몸을
부르르르르 떨몇
ㅠ.ㅠ힘 없이 꺼진다.①
감기가 잔뜩걸렸다.

비난

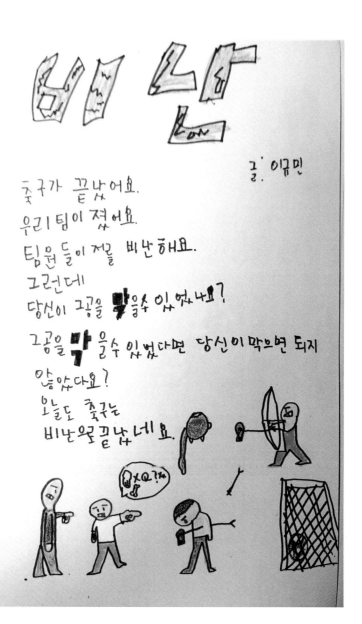

글. 이규민

축구가 끝났어요.
우리 팀이 졌어요.
팀원들이 저를 비난해요.
그런데
당신이 그 공을 막을 수 있었나요?

그 공을 막을 수 있었다면 당신이 막으면 되지
않았다요?
오늘도 축구는
비난으로 끝났네요.

-글그림:정효회- 액 괴(슬라임)

액 괴는 찰랑찰랑

슬 라임은 푹신푹신

무엇이 좋나요.?

핸드폰

신현수

꾸민이 수민

띠리링 띠리링, 오늘도 전화가
수백통은 왔다.
하지만 나는 이제 질린다.
전화가 이렇게 많이올줄이야.
아! 이래서 엄마가 핸드폰을
사주시져 않는다고 하셨구나.
나는 후회 한다.
하지만!!! 졸은점도 많다.
우선 의사소통이 편리 해졌고,
거의 모든걸 할수있 다.

강물

강물은 술술 내렸가고
물고기는 신이 나는지 요리 서리
다닌다

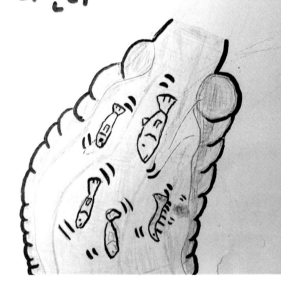

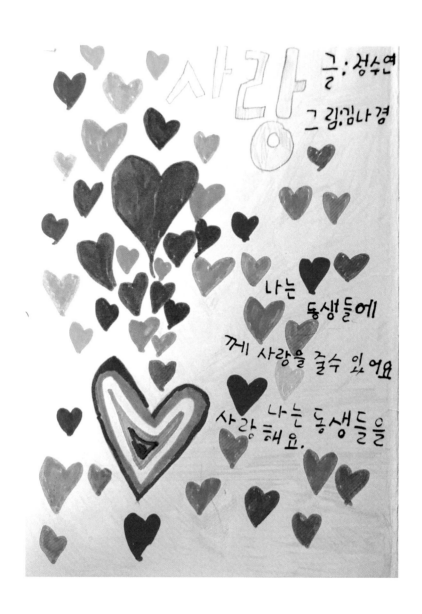

글쓴곳에서 (나리)
그림: 양누민 (누국)

우리 동생은 집에 아무도 없을때
나에게 ... 있다. 어떨거 아나고?
우리 집에 아무도 없을때 내가 곁에 오면
아무렇지 않게 꼐앞에 앉아 있다.
선범 아~무렇지 않게 하지만
엄마가 오면 나를 재빨리 끄고
엄마에게 달려간다.
그럴때 난 그냥 같이 안긴다
왜냐하면 나도 같이 밝기 때문이다...

여동생

글 최연서

나에게 여동생 딱 한 명이 있다.
근데 내동생은 두 얼굴이다
친구와 있을 때는 싱글벙글 인대....
나와 있을 때는 완전 까불이다
하기만 난 그런동생이 좋다.
심심할 일이 없다. ㄴㅅ

우리랑

제3화 우 리 랑

ME를 거꾸로 하면 어떤 글자가 되는지 아세요? 바로 WE라는 글자입니다. 나를 넘어, 너를 넘어, 우리가 됩니다. '우리'라는 말에는 숨겨진 비밀이 있어요. 그것이 뭘까요? 우리 친구들의 시속에서 발견할 수 있어요.

자연만 봐도 '우리'라는 말이 어울리죠? 나만 잘한다고, 너만 잘한다고 되는 것이 아닌 '우리'가 함께 잘해야 자연과 더불어 살아갈 수 있어요. 팔을 활짝 펴고 서로 안아주자고요. 마음과 마음이 연결된 그 따뜻한 온기가 우리를 더욱 하나되게 하거든요. 우리는 어제보다 나날이 성장해요. 함께 걸어가기에 외롭거나, 두렵지도 않아요.우리라는 말만 들어도 따뜻한 미소가 흘러 넘치게 됩니다. 우리, 함께 해요!

크레용

신예진

크레용으로 그림을 색칠하면,
색이 꽉꽉 채워진다
그리고 내 인생도 채워진다

크레용으로 그림을 그리면,
내 나이도 그려진다

한 해에 생일이 한번 있듯이,
시련도 한마디 쌓아온다
크레용이 부러지듯,
내 마음도 아파온다

젤리　　글·수빈 그림·서울

쫀득쫀득
달콤한 젤리
곰돌이 젤리, 하트모양
젤리 콜라 젤리등등!
수많은 젤리를 먹고싶어!

우리는 다 알아

이아현

우리는 다 알잖아?
자연이 죽어가고있는것을
왜 모르는 척해?

딱 한번이라도
뒤를 돌아봐

우리는 이미 모든것을
알고있어

자연을 돌려주세요♡
지구를 구해주세요♡

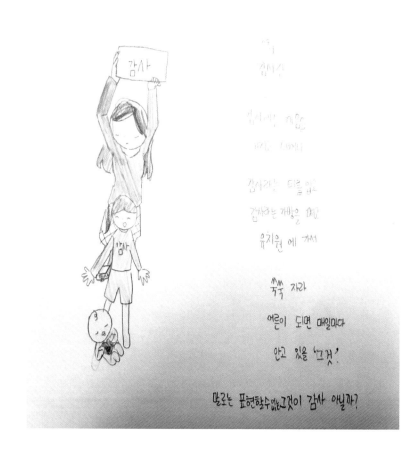

감사

감사의 마음

감사라는 티를 입고

감사라는 가방을 메고

유치원 에 가서

쑥쑥 자라

어른이 되면 매일마다

안고 있을 '그것'

말로는 표현할수없는그것이 감사 아닐까?

무 계획! 가방

아무거나! 막!

하고 싶은 거 따라는 거

하고 싶은게 생기는데 어떻게

계획된걸 해?

조금 쉬다 하고

조금 쉬다 하고

계획 된것도 주라다

목각 인형

맨들 맨들한 얼굴

숀은 얼굴 처럼 맨들하고

발은 얼굴보다 크다.

옷은 100년전에 망한

옷가게에서 사서

드럽게 촌스러운 옷을

입고 있다.

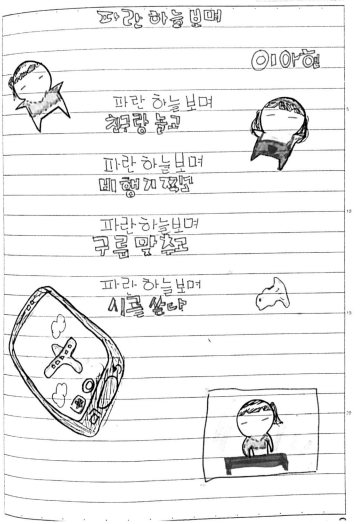

눈물

눈물은

사과의 뜻이기도 하고

무섭다는 뜻이기도 하고

불쾌하단 뜻이기도 하고

기쁨의 뜻이기도 하다.

무지개

이아현

강열한 빨강

치열한 주황

어린

까칠한

슬픈 파랑

어서와요 작은 도서관♧

꼬마작가 (이학정)

가까이에 있어요
어서 오세요

골목길을 지나면
즐거운 도서관

책들과 사람이 함께 성장하는 곳
별 거 아닌 것 같은데 빛나는 이곳

책이 많아많이 있어요 저는 좋아요
책들이 좋아요
도서관에 있으면 시간 가는 줄 몰라요

작은 도서관이 보여요
제 책벌레 둥글

희생

최래서 글·그림

사람들아 우리 동물들은
너희에 행복과 기쁨을 위해 희생 하고 있어

너희들은 행복하고 기쁜데
우리동물들은 행복하고 기쁘면 안돼니?

우리 동물들에게도 생각 이라는게 있고

생명 이라는 게 있어.

너희만 행복 하면 다야?
우리 동물들도 행복 하고 싶어!!

BTS 가방 ♥

이아현

김남준 김석진 민윤기 정호석 박지민
김태형 전정국 BTS

Dynamite/ibighit/Mic Drop/
IDOL/쩔어/FAKELOVE/ON/
피땀눈물/불타오르네/작은 것들을 위한시/
bangtan bomb/고민보다 GO/DNA/offcial/
Anpanman/BlackSwan/reaction/젱어/
INEED U/saveME/상남자/stay Gold/No Today/
Euphoria/
Magicshop/

전하지못한진심/YourEyes
Tell/MakeItRight/
No more Dream/arm ys

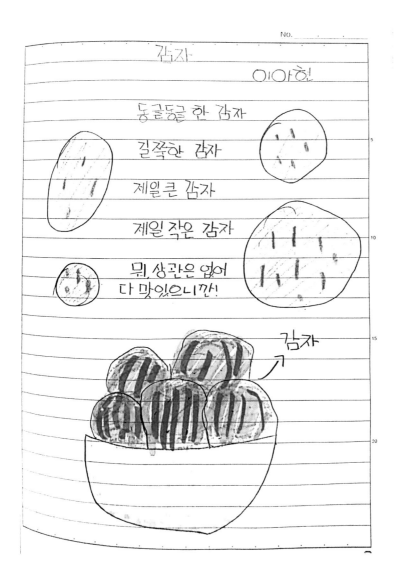

감자

이아힌

동글동글 한 감자

길쭉한 감자

제일 큰 감자

제일 작은 감자

뭐, 상관은 없어
다 맛있으니깐!

감자

나이라는 벽

수국

"언니니까 참아라."

"그 장난감 가지고 놀 나이는 지났어."

"다 큰애가 징그럽게 애교를 부리나?"

"네 나이면 독립해야지!"

세상에는 벽이 있습니다.
'나이'라는 벽.
그것이 우리를 가로막고 있습니다.

사람은,

가끔 애교도 부리고 싶고,

울고 싶을 때도 있고,

무서울 때도 있습니다.

그 모든 것은

나이라는 벽이 가로막고 있지만요..

신세대신...

이제 무쳐워!
빨리 독재 끝내!!!

아침부터 나를 깨운다.
더 자긴 싫지만 그것은 더 자긴 탓는
나를 더 괴롭힌다.
바로 잔소리명령

아침, 점심, 저녁. 난 그녀한테 꼼짝없지
하지만.. 제발 너도 좀 동립해라..
우리가 듣기싫은 그 소리

잔 소 리.

소리!

자연

자연은 말이야…

우리가 모르는 세상이 있어.

찾으려 하지 말고

내버려 둬.

사람죠 숨기고 싶은
비밀이 있잖아.

감사라는 한마디

이아현

다른 사람에게 '감사'라는 한마디
덕분에. '행복'이란게 새로 태어난다.

'감사'라는 한마디 덕분에 '고마워'
이라는 말이 나온다.

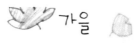 가을

글: 신예진 그림: 수국

초록초록하던 잎사귀가
가을의 색깔로 변했다.
그 가을 색깔을 보면
 독서가 떠오른다.

마음의 양식을 채우기 위해서
난, 우린
오늘도 책으로 양식을 채운다.

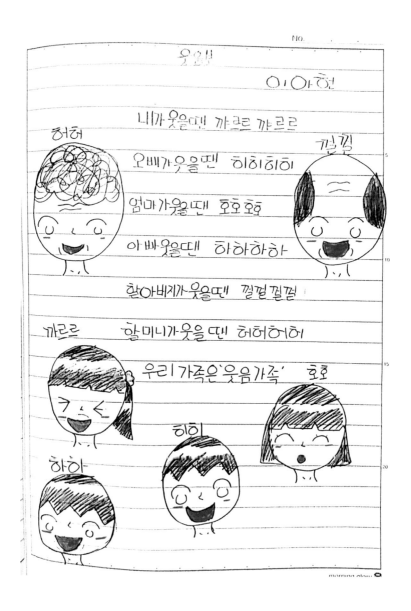

웃음

이OO린

허허

니가 웃을땐 까르르 까르르

낄낄

오빠가 웃을땐 히히히히

엄마가 웃을땐 호호호호

아빠 웃을땐 하하하하

할아버지가 웃을땐 껄껄껄껄

까르르   할머니가 웃을 땐 허허허허

우리 가족은 '웃음 가족'   호호

히히

하하

무지개

팔 다친 언니와
같이 그리는 무지개.

삐뚤삐뚤 무지개지만

어느 무지개보다 의미있는
무지개다.

서로를 보며 웃는다.

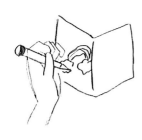

강물

강물은 술술 내렸가고
물고기는 신이 나는지 요리 서러
다닌다

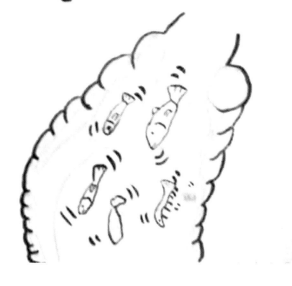

여행

여행을 간다
기차로 차로 버스로 비행기로 배로
여행을 간다

중국 멕시코 미국 영국 프랑스
여행을 간다

1박2일 2박3일 3박4일
여행이 끝났다
다시 집으로 돌아간다

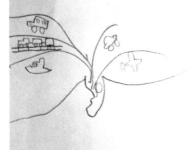

색종이

종이에 색을 칠하면?
그게 색종이다.

비행기→자동차→괴물→배→동물
등등 모두 만들수 있다.
만들수 없는게 있다면
그건 바로 기분

비오는 세계은

풀짝풀짝 개구리

콩콩콩 지렁이

노랏노랏 달팽이는   관객

그   멀고도

집가던 사람도 관객

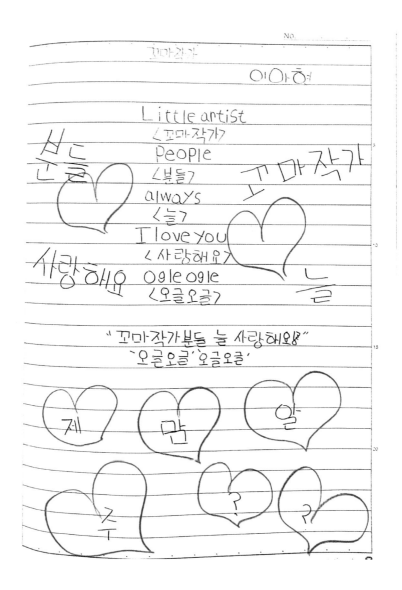

이제 괜찮은 듯?

만세에에에에~~~

·

·

·

우리는 꼬마작가 친구들 입니다

다 그리고 나니 모두 똑같아 보인다...
(나름의 변명).

신예진 / 5학년

신현수 / 5학년

이규민 / 5학년

김수빈 / 3학년

김잔따 선생님

김정은 선생님

남자가 여자로 보여어어!

마♡ㅁ 그리기

• 점 하나에
    기쁨 하나.

  점 두개에
•   화남 하나.

3개째 점 에
  ◦ 슬픔 하나.

  4개째 점에
•   외로움 하나.

5개 째 점에
억울함 하나.

6개째 점에
들뜸 하나.

7개째 점에
원망스러움 하나.

마음 그리기.

〈크리스마스〉   글, 그림: 김서율

두 달만 지나면 12월
크리스마스. 나 크리스
마스면 맨날 선물
을 받는데, 올해는
왠지 못 받을지도 모른
다.(어떤 잘못을 했는
지는 알려주지 않겠다.)

하하

글:김수빈
꿤:최면서

하하

웃으면

기분이 좋아진다.
다른 사람들도......

무지개

이아현

강열한 빨강

치열한 주

여린

까칠한 초록

슬픈 파랑

요술떡

「이아현」

허파에 바람이 들어 비실 비실 웃게 되는
`바람떡` ٬٬..٬٬ᵕ

달콤한 말이 술술 나오는
`꿀떡`

재미 있는 이야기가 몽글몽글 떠오르는
`무지개떡`

다른 사람 생각이 쑥덕쑥덕 들리는
`쑥떡`

눈송이처럼 마음이 하얘 지는
`백설기` ✳ ♯ ✳
✳ ✳

어느 떡을 먹고 싶니?

토마토의 아픔

이아현

토마토가 아픈거 같다.

거름을 줘야하나..
잘 모르겠다.

밖에다 심으면 새들이
쪼아 먹을거 같고...

토마토의 아픔이
나의 고민을 만드네...

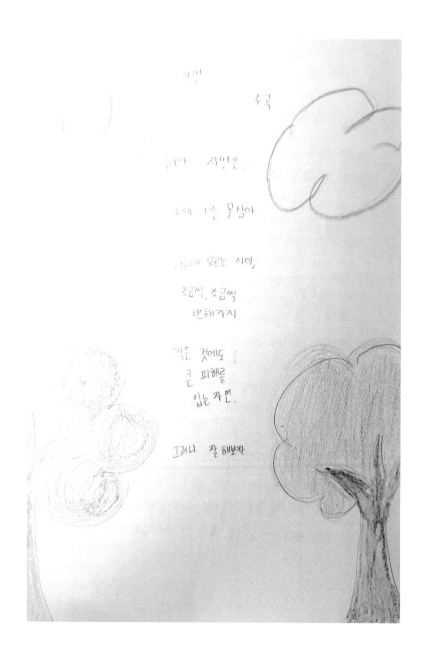

자연

수국

때까 자연은...

이제 나는 못살아

나시가 모르는 사이,

조금씩, 조금씩
변해가지.

작은 것에도
큰 피해를
입는 자연.

그러니 잘 해보자.

오늘 하루도 부족하고 완벽하게 진다.

강아지

김수빈

멍! 멍!
강아지 가
  짓어요.
월! 월!
멍! 멍!
으르릉!

월! 월!

기린

김수빈

저기 키른 동물이
있어요

아...!
기린
이었네요!
기린은 키가 커요!

호랑이

김수빈

어흥!
꼬리가 길고
주황색인
호랑이!
어흥! 어흥!

펭귄

김수빈

뒤뚱 뒤뚱
저기...
펭귄이
   지나가요.
뒤뚱 뒤뚱
 뒤뚱 뒤뚱

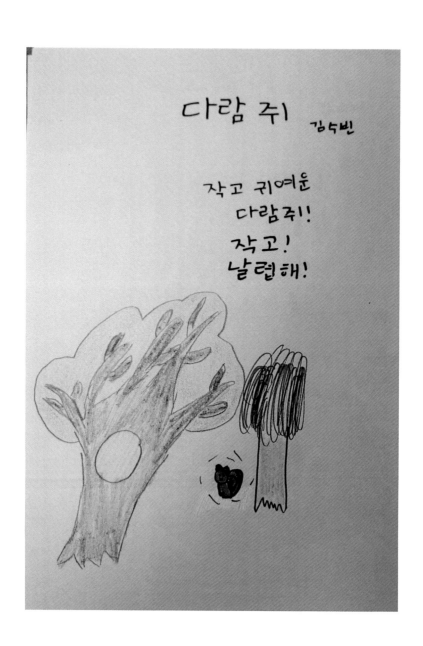

다람쥐

김수빈

작고 귀여운
다람쥐!
작고!
날렵해!

고양이

김수빈

야옹! 야옹!
고양이 소리가
들려요!
야옹야옹

토끼

강수빈

깡총 깡총
토끼가 뛰고
있어요

여우 강수빈

사막여우...
여우 ...
공통점은
여우가 들어간다 !

양

김수빈

음메~
음메~
양이 풀을
뜯고 있어요
양털을 깎고 있어요.
음..~
양털옷은 따뜻해

손톱

글: 신현수 그림: 정소희

손톱은 깎아도 깎아도 계속자라는,
거의 무한반복적인 것.
하지만, 손톱이 없으면 무언가를 잘
잡지도 못하고, 긁지도 못하는 귀찮지만
우리생활에 아주 중요한 것.

싫어요!

신현수

공부 하라고 엄마가 말한다.
싫어요!
밥 먹으라고 아빠가 말한다.

싫어요!
어느 사람에게는 나쁜말,
또다른 사람에게는 더더욱 나쁜말
그게 바로 '싫어요' 바로 이말이다.

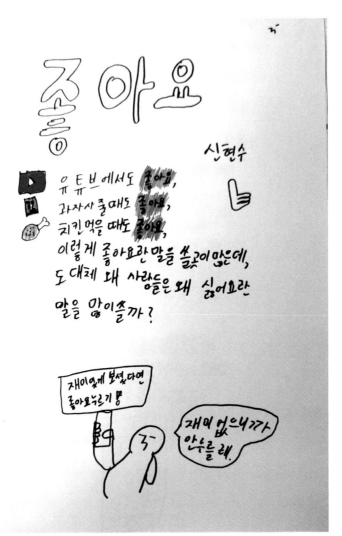

제3화 우리랑 193

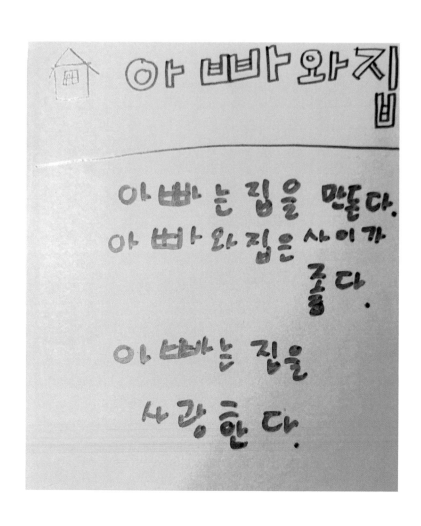

아빠와집

아빠는 집을 만든다.
아빠와 집은 사이가
줄다.

아빠는 집을
사랑한다.

자연

자연에는 꽃, 나무등 이 있다.

우리가 좋아하는 자연
우리그 자연에 고마워해
야해요 고마운 자연
자연아 고마워

고마워자연아

희생

최ㅇㅇ 글·그림

사람들가 우리 동물들은
사람에 행복과 기쁨을 위해 희생 하고 있어.

사람들은 행복하고 기쁜데
우리동물들은 행복하고 기쁘면 안돼니?

우리 동물들에게도 생각 이라는게 있고
생명 이라는 게 있어.

너희만 행복 하면 다야?
우리 동물들도 행복하고 싶어!!

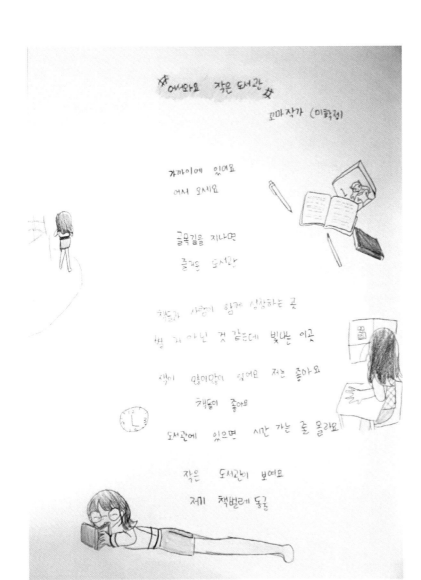

☆어서와요 작은 도서관☆

꼬마작가 (이화정)

가까이에 있어요
어서 오세요

골목길을 지나면
즐거운 도서관

책들과 사랑이 함께 성장하는 곳
별 거 아닌 것 같은데 빛나는 이곳
책이 많이많이 있어요 저는 좋아요
책들이 좋아요
도서관에 있으면 시간 가는 줄 몰라요

작은 도서관이 보여요
제1 책벌레 등극

텀블러

김정은

차가울 거 같지?

뜨거울 거 같지?

뭉텅뭉텅 빠저 있는 한숨이

겨우 한 모금이야

마시고 나면 ~~채워~~ 비워질 크기

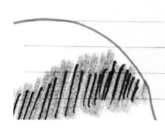

기차

아이가 탔다.

칙칙 폭폭

어른이 타도
치키치키 폭폭

아저씨가 타도
칙칙 폭폭 칙칙 폭폭

아무리 사람이 많이 타도

기차는 달립니다.

자연

강서윤

자연이란 초록색이다
초록새싹 초록나뭇잎,
초록풀잎 등 많은
초록색이 있다.

일요일의
       뮤지컬

이다현

친구들 끼리만 가는
뮤지컬 너가아니?

이 두근거리는 마음을
니가 아니?

그냥 내일이 일요일이
없으면 좋겠다는 진심 없을
너가 아니?

너무 기대가 가는
"일요일의
       뮤지컬"
너가 아니?

꿈꾸는

꼬마

작가들의

이야기

<부록>
초등학생
작은 행복 38가지

(우리 이럴 때

소소한 행복을 느껴요!)

아이스크림 먹을 때

좋아하는 사람 유*브 올라왔을때

좋아요 많이 눌러졌을때

그림 잘 그려졌을때

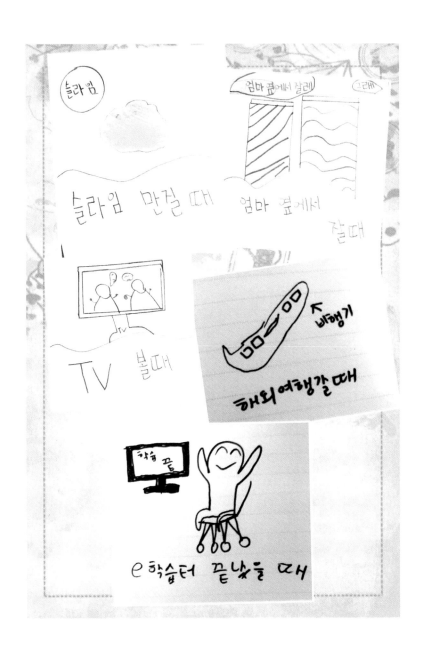

- 에필로그

영화 <죽은 시인의 사회>에 나오는 키팅 선생님은 학생들에게 이런 말을 남깁니다.

"화려한 연극은 계속되고 너 또한 한 편의 시가 된다는 것"

맞아요. 우리 친구들의 삶은 한 편의 시가 되어가고 있습니다. 여기 수많은 시를 적은 우리 10명의 친구가 있어요. 썼다 지우기를 반복해서 남긴 소중한 시들입니다.

생각을 꺼냈고, 무엇보다 삶이 담겨있으니 세상 어느 것보다 값진 것들입니다.

나랑, 너랑, 우리랑! 우리는 이것이 끝이 아닌 시작임을 압니다. 한 발짝 세상 속에 내딛는 우리들의 발걸음 속에서 오늘도 꿈과 희망을 안고 나아갑니다.

어느 날 지나가는 길에 계단 사이에 삐죽 나온 꽃을 보았습니다. 힘든 환경 속에서도 이렇게 아름다운 꽃이 피어나다니요. 대단한 생명력입니다. 올해는 그 어느 때보다 힘든 한해였던 것 같습니다. 소중한 친구들의 시 한 편 한 편을 읽으면서 어려운 상황 속에서 피어나는 들꽃을 보았습니다. 그럼에도 불구하고 감사한 한해입니다.

— 밀알샘 김진수 드림

- 작가의 한마디

(예진)

안녕하세요. 꼬마작가 멤버 신예진이라고 합니다. 낯선 친구들과 함께 책을 쓴다는 것이 처음에는 낯을 가렸는데 책을 쓴다는 소식에 기대감이 점점 상승하였습니다

그리고 지금 드디어 저도 "책이 나온다" 라는 말에 들떴습니다. 책이 출간되면 이젠 친구들과 만나지 못한다는 게 너무 아쉬웠습니다. 이젠 카톡방을 만들어 친한 아이들끼리 소통을 하고 그런 사이인데 헤어지자니 정이든 사이여서 정말 아쉬워요. 앞으로도 10명의 꼬마작가 많이 응원해주세요

(수연)

우리는 작가다.
우리는 시를 쓰는 작가다.
우리는 안성시 풍림 작은 도서관으로
만들어진 작가다

시:시를 쓰는 강아지 시월이
월:월요일이 좋아하는 작가들
이:이들이 우리 나이가 적다고 하지 마세요.
　저희도 작가를 할 수 있어요

213

일어나!

(서율)

그냥 똑같은 하루는 싫다.

그래서 인생을 바꾸기로 했다.

내가 어려도 또 힘이 약하든

난 상관없다. 그동안 꼬작을♥

시는 귀찮은 게 아니다.

작가들은 이걸 노력하고 계속 시를 쓴다.

그리고 시는 미래의 예술이다.

사랑해 주셔서 정말 감사합니다.

(소희)

꼬:꼬마작가들이

마:마....막!

작:작가가 되었느냐.

가:가벼운 마음으로 책을 만든다.

정:정답고

소:소중한

희:희희희 웃는 작가들

(수빈)

안녕하세요! 꼬작(꼬마작가) 수빈 이에요.

처음으로 책을 만들어 신나고 떨리네요.

언니, 오빠, 친구들과 처음에는 떨리고 힘들었지만 하다 보니 재미있어요!

이렇게 책을 낸 다는 건 재미있는 것 같아요

(연서)

안녕하세요. 3학년 최연서 입니다

작가가 처음이라 어떻게 책을 만드는지도 잘 몰랐는데 김진수 선생님께서 잘 가르쳐 주셔서 쉽게 배울 수 있었습니다.

열심히 꼬마작가들을 가르쳐주신 김진수 선생님,

김정은 선생님께 감사드립니다

(규민)

이-이 세상에서

규-규모가 가장 큰 배달의

민-민족

언제나 긍정적인 마인드로 오늘

도 써본다.

(아현)

안녕하세요 꼬마작가 이아현입니다.

저희가 6월부터 12월까지 꼬마작가를 했습니다.

작가가 된다는 게 신이 나고 기대

해봅니다. 하지만 그보다 중요한 것

은 꼬마작가 동생, 언니, 오빠들과

헤어진다는 게 아쉽습니다. 또 저는

작가가 되는 날을 꿈꾸며 시를 썼

습니다. 저희는 장난도 치고 수많은

시도 썼습니다. 저희가 만든 『꿈꾸는 꼬마작가, 꼬마들의 반짝반

짝 빛나는 이야기』를 읽어 보시면 저희가 얼마나 노력했는지 알

것입니다.

(현수)

신:신처럼 강력하고

현:현자같이 현명하고

수:수도 없이 시를 짓는

　꼬마작가입니다

그냥 포기하지 않고 하면 무엇이든

지 된다는 것을 알게 되었습니다.

(수민)

우리도 처음에는 그랬어요.

틀에 박혀있는 표현, 틀에 박혀있는 주제, 뻔한 상식...

난 이런 게 싫었어요. 달라지

고 싶었어요. 하지만 너무 익숙

해진 표현을 떨어지게 할 순 없

었어요. 하지만 조금은 바꿀 수

있어요!

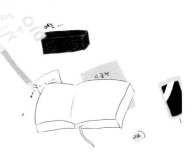

빈 종이에 글쓰기는 막막하고

힘들어요. 지루할 때도 있고 머리도 짜야겠죠?

작은 연필심은 나의 마음이 되어 아무것도 쓰지 못하고 있었어

요. 그러다 번뜩 아이디어가 생각나면 그때 드디어 움직였어요.

얼마나 개운한지!

우린 발전하고 있었어요. 조금씩 조금씩 발전하다 특별한 시를 만들었죠!

특별히 모인 시집 『꼬마들의 반짝반짝 빛나는 이야기』 소소하지만 빛나는 이야기를 읽으세요. 시집의 표지를, 지금 당장 열어요!